W0184300

les Compagnons du crépuscule

BOURGEON

LE SORTILEGE DU BOIS DES BRUMES

casterman

DU MEME AUTEUR
AUX EDITIONS GLENAT

Les Passagers du Vent
La Fille sous la dunette
Le Ponton
Le Comptoir de Juda
L'Heure du serpent

Brunelle et Colin
(scénario Génin)
Le Vol noir
Yglinga

La publication de cet ouvrage a donné lieu à un tirage spécial de mille exemplaires numérotés de 1 à 1.000, sur papier Globe Impérial et sous couverture cartonnée et toilée.

ISBN 2-203-33516-5 (ISBN 2-203-33707-9, édition numérotée)
ISSN 0750-1404

© Casterman 1984.

Droits de traduction et de reproduction réservés pour tous pays. Toute reproduction, même partielle, de cet ouvrage est interdite. Une copie ou reproduction par quelque procédé que ce soit, photographie, microfilm, bande magnétique, disque ou autre, constitue une contrefaçon passible des peines prévues par la loi du 11 mars 1957 sur la protection des droits d'auteur.

Celle-ci dura, dit-on, cent ans...
Rien ne la distingue vraiment de celle qui l'a précédée, pas plus que de celle qui l'a suivie...
Comme la grêle ou la peste, la guerre s'abat sur la campagne quand on s'y attend le moins. De préférence, lorsque les blés sont lourds et les filles jolies...
CRAC

Tudieu, la **Mariotte** ! T'aurais peur d'un pays, maintenant ?...
On doit être bien malade et sans remède chez toi pourque tu t'en retrouves la mémoire de mon nom!
La Roussote! La Renarde! La Sorcière qu'on lapide quand on la surprend, seulette, à quêter la lande et le labour!... C'est pas une autre que je sache?!...
Tout coi, **Mariotte**!... Ta grand-mère et toi, vous faites rien comme les autres!... Vous vivez dans les bois à frayer dans la brande et à battre les taillis. Vous savez tout des simples et l'on ne vous voit jamais à l'église... Il y a de quoi médire, tu penses pas?...
Pour le sermon, tu repasseras!... Si tu as autre chose à dire : Marche devant et garde la distance!
La guerre est partout, tu sais !?... Les grandes compagnies se répandent. On a vu des soldats à moins d'un jour de marche...
Les gars, les filles, ensemble, on a pensé qu'il serait peut-être temps de faire la paix entre nous. Alors... comme ce soir c'est la Saint Jean d'été, on serait contents que tu viennes danser autour du feu avec nous.
Plaisanterie pour plaisanterie, l'**Anicet**... Je préfère les caillasses!
Et ça! C'est une blague?!... Je l'ai faite rien que pour toi, en attendant que tu t'amènes.
Pour... pour moi? Vrai?...
Ben, tiens! Viens la prendre...

PLOUF
Mais, c'est la rouquine qui se lave !?...
Penses-tu !... Elle cherche simplement à noyer sa vermine!
En tout cas, elle s'en va nous empoisonner la rivière !
Vous avez vu ça ?!... Elle a préféré se jeter à la flotte plutôt que d'accepter ma couronne. Faut-il qu'elle nous déteste !!!
Au feu, la sorcière !
Au bûcher!
A Poil!
Mort à la rouge
Sus! Sus!
Crevez !
Crevez tous !...
3

HOLÀ DONZELLE!... Connaîtrais-tu un village où de braves soldats pourraient trouver du vin et quelques jouvencelles un peu moins crottées que toi?...
Cela nous éviterait d'avoir à te débarbouiller...
Ne vous donnez pas tant de mal, Messire! Je me couvre de boue pour guérir une épouvantable maladie de peau... Suivez plutôt le val! Vous trouverez un hameau où l'on aime bien rire avec les étrangers!
Tu as fait ça! Petite insensée!... Mais c'est la malemort que tu as sans trembler répandue sur nos terres!
Ces soldats cherchaient juste un abri pour la nuit, mère-grand! Ils n'avaient pas l'air plus méchant que la plupart des gens qui nous entourent.
Tu vas couper à travers bois! Les hommes d'armes sont lourds et lents... Peut-être peux-tu encore arriver à temps pour que chacun s'en sauve.
Si l'on meurt par ta faute, mon enfant, ne reviens jamais dans cette maison. Tu y serais maudite!
Tu parles d'une histoire! ... L'auraient bien trouvé sans moi, le village! Ils étaient sur le chemin!...
HOULÀ...
Je ne vais tout de même pas affronter les loups pour sauver dix poulets, cinq cochons et trois prétendus pucelages...
Le lendemain matin...
Tout a l'air bien calme!... Ces couards auront pris la fuite et n'osent pas encore rentrer chez eux.

Coin! Coin!... Ha! Ha! Ha! ... Tout ce qui reste, c'est pour Mariotte !
Du diable si je ne trouve pas un miroir chez les Martin; la Toinette est toujours peignée comme une petite b... OH!
MARIOTTE...
Aide-moi... ...vite...

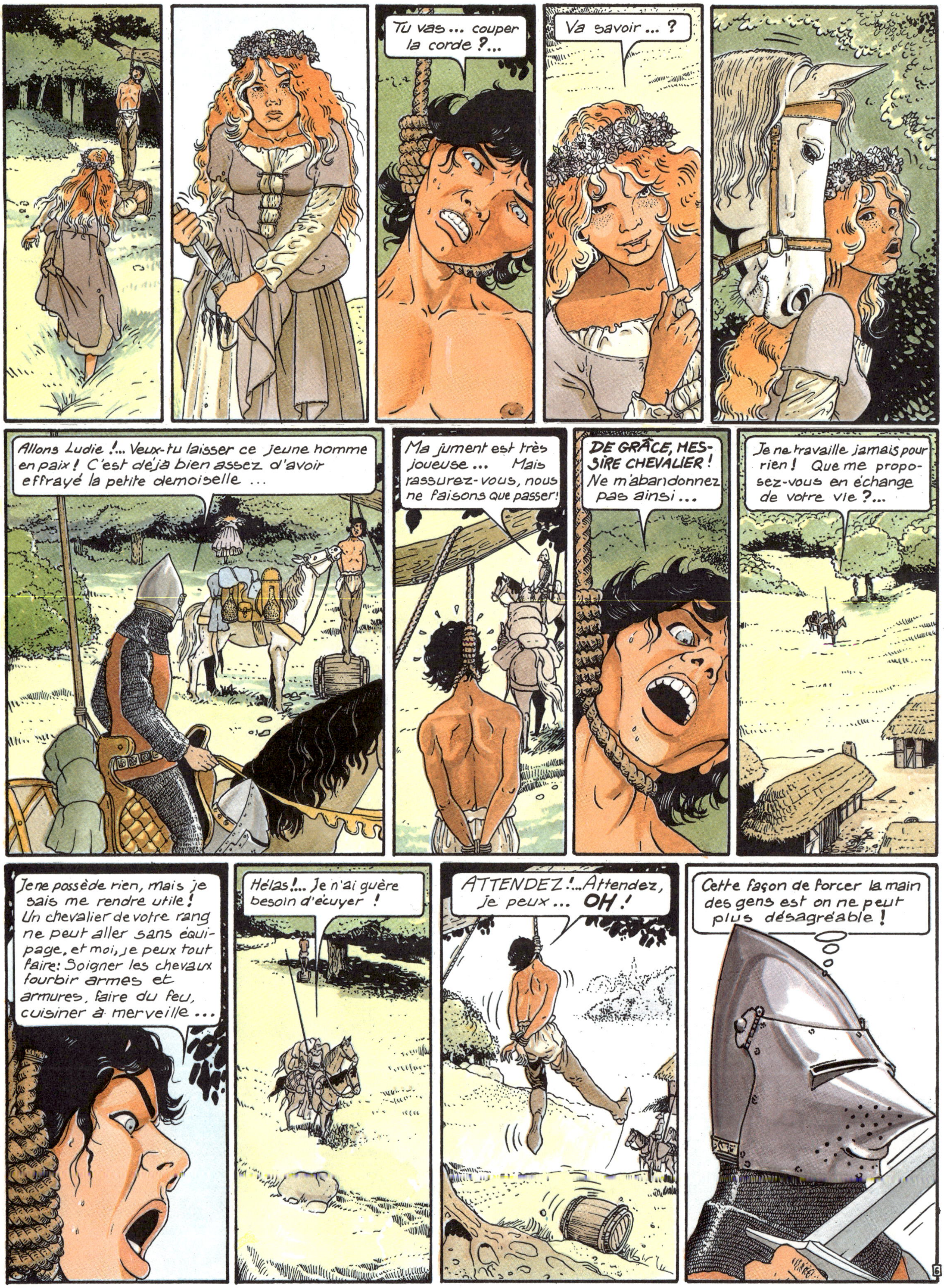
Tu vas ... couper la corde ?...
Va savoir ... ?
Allons Ludie !... Veux-tu laisser ce jeune homme en paix ! C'est déjà bien assez d'avoir effrayé la petite demoiselle ...
Ma jument est très joueuse ... Mais rassurez-vous, nous ne faisons que passer!
DE GRÂCE, MESSIRE CHEVALIER ! Ne m'abandonnez pas ainsi ...
Je ne travaille jamais pour rien ! Que me proposez-vous en échange de votre vie ?...
Je ne possède rien, mais je sais me rendre utile ! Un chevalier de votre rang ne peut aller sans équipage, et moi, je peux tout faire : Soigner les chevaux fourbir armes et armures, faire du feu, cuisiner à merveille ...
Hélas !... Je n'ai guère besoin d'écuyer !
ATTENDEZ !... Attendez, je peux ... OH !
Cette façon de forcer la main des gens est on ne peut plus désagréable !
6

Mais...?! Où suis-je ?... Que se passe-t-il ?... Où m'emmène-t-on ?...
Tu reviens de loin et tu y retournes. Question de temps !
J'aurais pu te laisser pourrir à ta branche, mais j'étais curieux de savoir si Ludie accepterait de te garder en selle... J'ai toujours admiré la façon dont cette bête te balance un bonhomme en l'air et -Vlan!- lui imprime son sabot en plein milieu du front.
CLONG
Eh ben, non! Rien!... La peste soit des femelles en tous genres! Va-t'en savoir pourquoi elle tolère sur son dos ton vilain petit cul, et m'oblige par là même à supporter ta trogne?! Un écuyer!!! Qu'avais-je besoin d'un écuyer !
Hum!... Si... si vous n'avez vraiment besoin de personne, je pourrais peut-être m'en retourner chez nous?
Peut-être, en effet! Mais Ludie en serait contrariée.
Et puis, il me faudrait te rependre à ton arbre afin que nous soyons quittes. C'est ce que tu désires ?...
A moins que tu n'aies cru trouver quelque plaisir à arroser la mandragore. On prétend que cela se peut. Pour ma part, je n'ai jamais rien remarqué, dans la grimace des pendus, qui m'ait donné l'envie d'aller briguer leur place.
N'en parlons plus !... Heu... Quels seront mes gages?
7

Si tu désires des gages, tu ferais mieux de te choisir une branche. Nous sommes trop avancés pour que j'aille te rependre à ton chêne !
De grâce, Messire, je plaisantais !... je ne réclame que l'honneur de vous servir, et n'accepterai rien d'autre que le gîte et le couvert.
Tu n'auras pour gîte que celui des errants et tu ne mangeras que ce que tu sauras nous procurer. Sais-tu poser des collets ?...
Les fourches patibulaires sont amplement garnies de poseurs de collets.
Par le cul Dieu ! Aurais-tu peur d'aller à la brune ?... Un écuyer ne peut être lâche : Tu ne seras que mon valet !
Et... je n'aurai plus à poser de collets ?...
Si ! Mais tu y mettras un peu moins d'élégance.
Tu auras aussi soin du destrier et de la haquenée du gobelet.
Pour Ludie, je connais son nom. Mais quel est celui du grand-cheval ?...
Il est encore plus ombrageux que Ludie. Contente-toi de l'appeler : Grand-cheval.
Ahhh... Moi, c'est Anicet ! Je ne voudrais pas être indiscret, mais...
Mais tu l'es ! Sache simplement que j'avais un nom...
Quand j'avais un visage !

Ils me haïssaient ! ...
Chaque joute, chaque tournoi, voyait triompher les couleurs de ma dame ...
J'eusse été de leur monde, la crainte l'aurait chez eux emporté sur l'envie. Mais je n'étais qu'un petit vasselet. Mon armure disparate et mon écu martelé ternissaient leurs fêtes. Mes victoires insultaient leur noblesse...
J'allais seul et sans équipage. Aussi, le jour où, vidant les arçons, je gardai un pied engagé dans l'étrier, personne ne vint à mon secours. C'est sous les rires que je quittai la lice, traîné à travers champs en une course folle qui devait me laisser alité plus d'un an, les membres brisés, le visage déchiqueté par les éteule.
Vint la guerre ! Tous mes jolis seigneurs choisirent un parti, moi pas. Ou plutôt, je pris celui de les combattre. Je réunis quelques gens d'armes et proposai ma troupe à quiconque avait l'heureuse idée d'assiéger l'un de leurs orgueilleux castels ...
Pas une fois je n'ai levé le siège avant d'avoir réduit la place. Pas une fois je n'ai fait de quartier. Je te laisse imaginer comment nous les traitions, eux, leur engeance et leurs foutues femelles. Mais je puis t'affirmer ceci : Au moment de rendre l'âme, il n'en est pas un, ou une, dont le visage ait eu quelque chose à envier à la laideur du mien.
Tu me regardes comme si j'étais le diable. Je n'ai pourtant rien fait de pire que les soudards qui ont traversé ton village. Moi, au moins, je choisis mes victimes !
Eh, quoi ! Resteras-tu longtemps à béer aux corneilles ?! ... Tu as des collets à relever, et moi, j'ai besoin de repos ... Nous partirons à l'aube !
9

Une chose encore ...
Ânon, Ânet, Anicet ! Bougre de bourricot stupide ! N'essaye surtout pas d'oublier de revenir !
Ça alors !... On m'a devancé.
Et là de même ... !
Quand il apprendra cela, mon terrible maître est bien capable de me briser les membres
Je pourrais m'en sauver le cul parmi l'oreille et mettre le plus de lieues possible, entre nous deux, avant le jour...
... Mais s'il me retrouve, ce sera encore pire !...
Il dort ...
Si j'osais...
Adieu, vilain seigneur !!!

Ainsi tenue, l'épée ne peut frapper et de taille, et d'estoc !...
Et ces lapins ?...
Je... ils... On nous les a volés.
Il faudra donc tout t'apprendre ! Demain, c'est notre voleur que nous piégerons.
L'Anicet...
Oui ?...
Un détail amusant ! :...Il y a un oeil que je ne peux plus fermer qu'à demi. Prends soin de repérer lequel avant de chercher derechef à m'occir...
Je... je...
Bien sûr... ! Bien sûr... !
Le lendemain...
Brrr... l'endroit est sinistre.
Sans doute, mais nous y serons à l'abri des ondées.
Et voilà ! Que le coquin nous suive, et il ne manquera pas de buter dans cette branche. Il ne nous reste plus qu'à veiller tranquillement auprès d'un bon feu, en attendant que la nuit lui donne du courage.
... Il nous aura vu lui tendre l'attrapoire. Jamais il ne se risquera sur le chem...
CRAC
AAhhhhhhh...
11

Cette fois nous le tenons !
Tiens ! Tiens !...
Mais c'est la petite demoiselle qui a peur des juments !...
Des juments, mais pas des lapins, hein !?
AÏE
Et VLAN !... Frappez plus fort, Messire ! Quand vous en aurez fini avec cette sorcière, je lui caresserais bien le crepion de ma torche.
Dépends-la-moi, plutôt ! La nature lui a déjà bien assez roussi le duvet, pour que tu t'en ailles lui braiser la coquille.
Je ne suis point sorcière ! Ne croyez pas cet Anicet. Les gars de par chez nous, c'est coqueberts et compagnie ! Comment avez-vous pu vous adjoindre un aussi piètre valet ?...
Il plaît à ma jument... !
Cacherait-il sous ses braies une pendeloche d'étalon ?...
Oyez un peu comment jacte la paillarde ! Elle n'avait pas de nichons qu'on la savait déjà partie craquer les noix. Croyez-vous seulement qu'elle éprouve quelque honte à se montrer à nous, ainsi, toute troussée ?!
C'est votre méchanceté qui devrait vous faire honte ! Passe pour un valet ! Mais il est bien vilain qu'un chevalier s'abaisse à tenir de la sorte une fille sans défense en grande humiliation.
De quoi te plains-tu, petite voleuse ?... Par les temps qui courent, tu devrais nous louer de te laisser la vie ! Nous t'aurions pu cloufiher à un arbre, te faire subir maints violements, et te laisser crever, nue, esgambillée et pantelante, sans que personne ne s'en soucie jamais.
Ainsi c'est donc votre âme que vous portez sur votre visage !?...

Comment oses-tu ?!... Qui te permet d'imaginer l'aspect de mon visage?
Je vois ce que je vois!
Ceux que les autres ignorent en sont réduits à développer leur pouvoir de devinance. Je vous sais laid dehors, et bien plus laid dedans!
Je ne sais où vous allez, mais une quête insensée vous attire si loin que j'en ai peur... Cependant, étrangère parmi les miens, j'ai toujours rêvé de l'être parmi les étrangers...
Emmenez-moi! Il faut m'emmener!
Par Dieu, écoutez-moi! ... Cette diablesse vous tient en charmement, et c'est une folie que de s'encombrer d'elle!
Et s'il me plaît, à moi, d'avoir des compagnons cueillis à bout de corde!
Et voilà!... Nous faut encore l'attendre!... Elle se plaint des rocailles, mais retrouve toujours la force de culeter chaque fois qu'elle sent qu'on la regarde.
Ha! Ha! Laisse-la rouler des hanches tant que cela lui chante, elle se figure nous séduire de la sorte. Elle craint qu'on l'abandonne! Il fut un temps, vois-tu, où j'eus trouvé son jeu presque émouvant.
Eh oui, l'Anicet! Je suis si las de tout que le conet de cette gamine m'intéresse bien moins que les services qu'elle doit pouvoir nous rendre dans les contrées où nous allons.
Et nous allons... ...Où ?...
..."Si loin qu'elle en a peur"!... Aux frontières de ce monde!
13

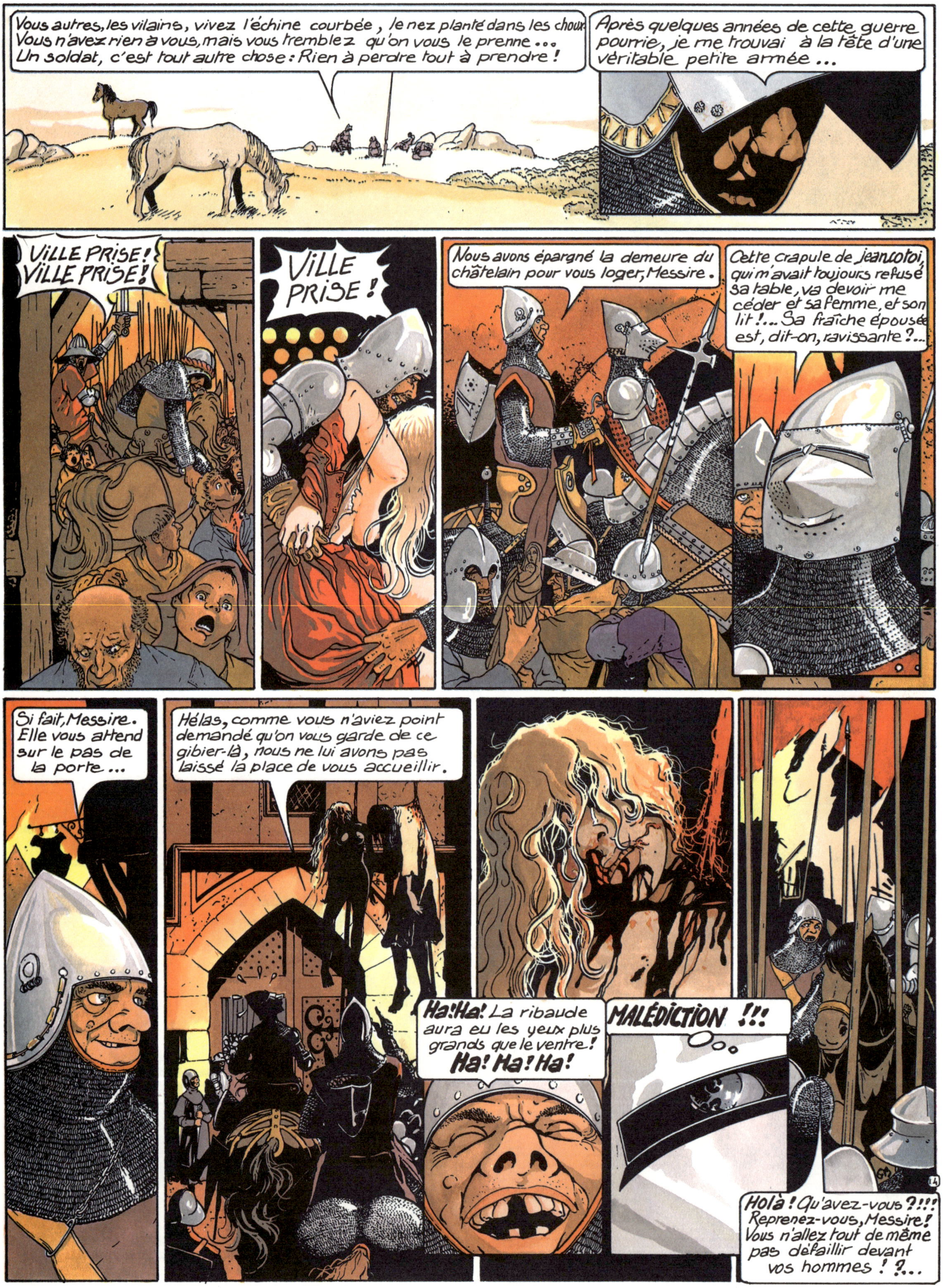

Vous autres, les vilains, vivez l'échine courbée, le nez planté dans les choux. Vous n'avez rien à vous, mais vous tremblez qu'on vous le prenne... Un soldat, c'est tout autre chose : Rien à perdre tout à prendre !
Après quelques années de cette guerre pourrie, je me trouvai à la tête d'une véritable petite armée...
VILLE PRISE ! VILLE PRISE !
VILLE PRISE !
Nous avons épargné la demeure du châtelain pour vous loger, Messire.
Cette crapule de Jeancotoi, qui m'avait toujours refusé sa table, va devoir me céder et sa femme, et son lit !... Sa fraîche épousée est, dit-on, ravissante ?...
Si fait, Messire. Elle vous attend sur le pas de la porte...
Hélas, comme vous n'aviez point demandé qu'on vous garde de ce gibier-là, nous ne lui avons pas laissé la place de vous accueillir.
Ha! Ha! La ribaude aura eu les yeux plus grands que le ventre ! Ha ! Ha ! Ha !
MALÉDICTION !!!
Holà ! Qu'avez-vous ?!!! Reprenez-vous, Messire ! Vous n'allez tout de même pas défaillir devant vos hommes ! ?...

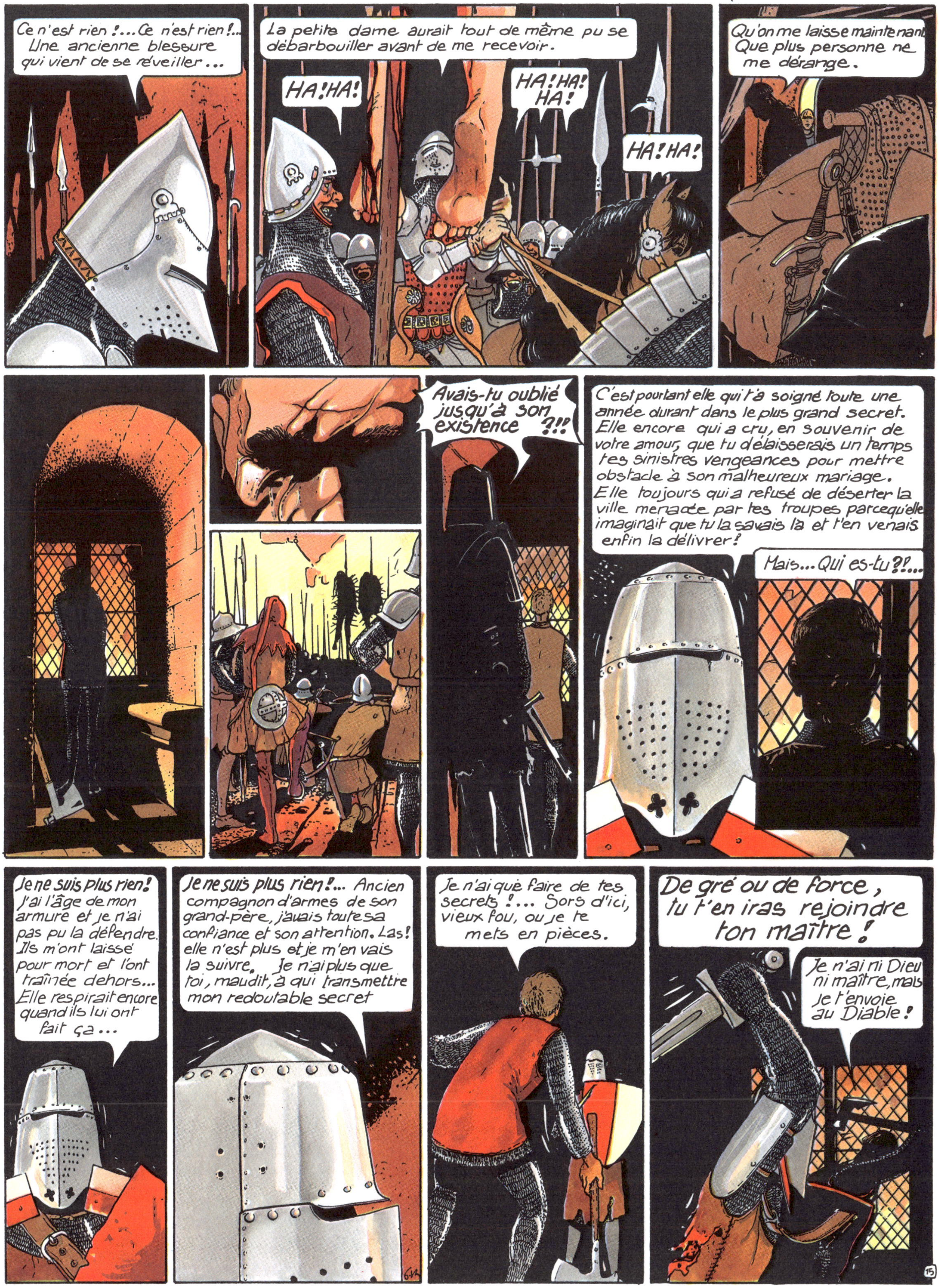
Ce n'est rien !... Ce n'est rien !... Une ancienne blessure qui vient de se réveiller...
La petite dame aurait tout de même pu se débarbouiller avant de me recevoir.
HA! HA!
HA! HA! HA!
HA! HA!
Qu'on me laisse maintenant. Que plus personne ne me dérange.
Avais-tu oublié jusqu'à son existence ?!!
C'est pourtant elle qui t'a soigné toute une année durant dans le plus grand secret. Elle encore qui a cru, en souvenir de votre amour, que tu délaisserais un temps tes sinistres vengeances pour mettre obstacle à son malheureux mariage. Elle toujours qui a refusé de déserter la ville menacée par tes troupes parcequ'elle imaginait que tu la savais là et t'en venais enfin la délivrer !
Mais... Qui es-tu ?!...
Je ne suis plus rien ! J'ai l'âge de mon armure et je n'ai pas pu la défendre. Ils m'ont laissé pour mort et l'ont traînée dehors... Elle respirait encore quand ils lui ont fait ça...
Je ne suis plus rien !... Ancien compagnon d'armes de son grand-père, j'avais toute sa confiance et son attention. Las ! elle n'est plus et je m'en vais la suivre. Je n'ai plus que toi, maudit, à qui transmettre mon redoutable secret
Je n'ai que faire de tes secrets !... Sors d'ici, vieux fou, ou je te mets en pièces.
De gré ou de force, tu t'en iras rejoindre ton maître !
Je n'ai ni Dieu ni maître, mais je t'envoie au Diable !
15

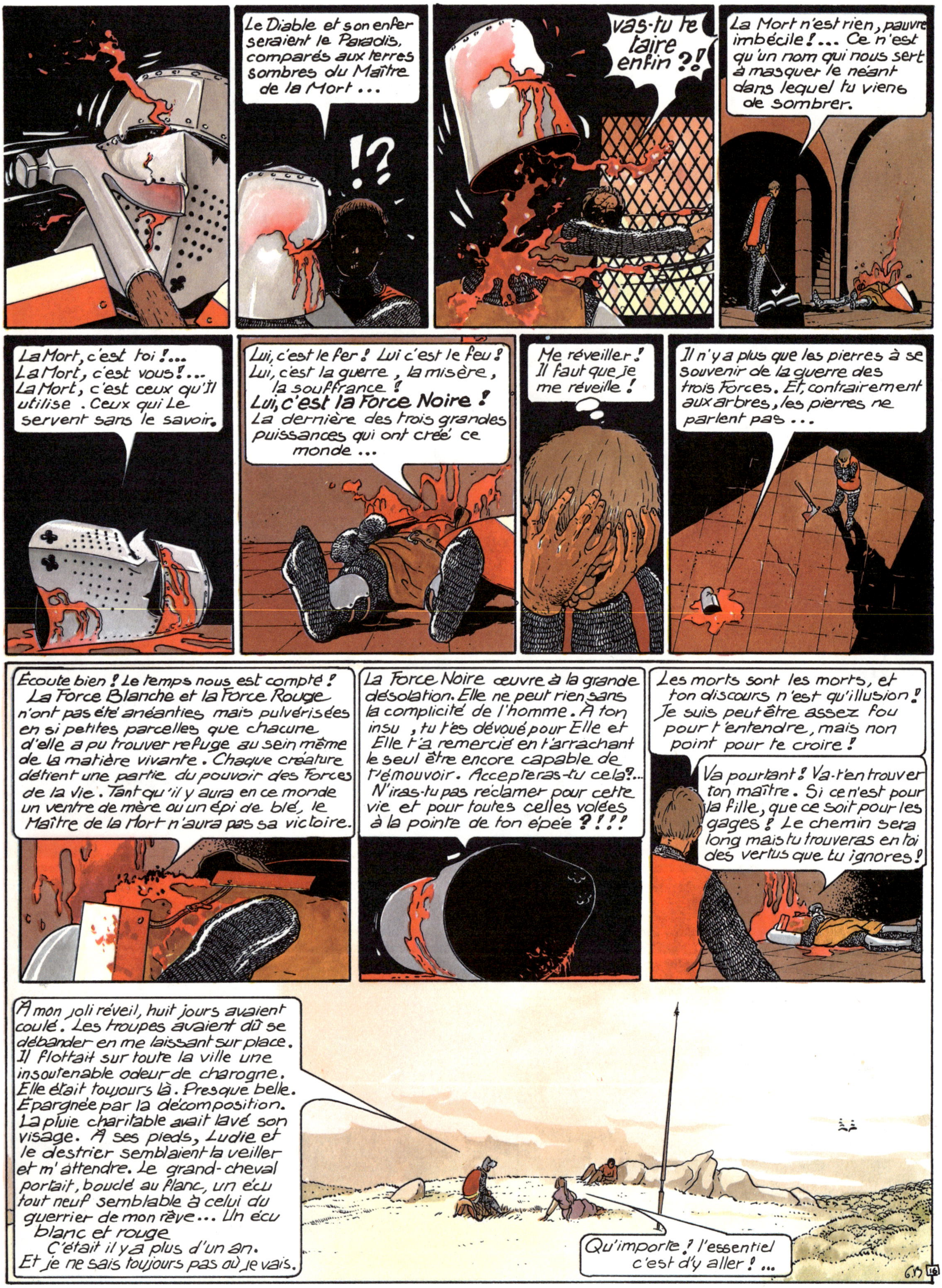

Le Diable et son enfer seraient le Paradis, comparés aux terres sombres du Maître de la Mort ...
!?
vas-tu te taire enfin ?!
La Mort n'est rien, pauvre imbécile !... Ce n'est qu'un nom qui nous sert à masquer le néant dans lequel tu viens de sombrer.
La Mort, c'est toi !... La Mort, c'est vous !... La Mort, c'est ceux qu'Il utilise. Ceux qui Le servent sans le savoir.
Lui, c'est le fer ! Lui c'est le feu ! Lui, c'est la guerre, la misère, la souffrance ! Lui, c'est la Force Noire ! La dernière des trois grandes puissances qui ont créé ce monde ...
Me réveiller ! Il faut que je me réveille !
Il n'y a plus que les pierres à se souvenir de la guerre des trois Forces. Et, contrairement aux arbres, les pierres ne parlent pas ...
Écoute bien ! Le temps nous est compté ! La Force Blanche et la Force Rouge n'ont pas été anéanties mais pulvérisées en si petites parcelles que chacune d'elle a pu trouver refuge au sein même de la matière vivante. Chaque créature détient une partie du pouvoir des Forces de la vie. Tant qu'il y aura en ce monde un ventre de mère ou un épi de blé, le Maître de la Mort n'aura pas sa victoire.
La Force Noire œuvre à la grande désolation. Elle ne peut rien sans la complicité de l'homme. À ton insu, tu t'es dévoué pour Elle et Elle t'a remercié en t'arrachant le seul être encore capable de t'émouvoir. Accepteras-tu cela ?.. N'iras-tu pas réclamer pour cette vie et pour toutes celles volées à la pointe de ton épée ?!!!
Les morts sont les morts, et ton discours n'est qu'illusion ! Je suis peut être assez fou pour t'entendre, mais non point pour te croire !
Va pourtant ! Va-t'en trouver ton maître. Si ce n'est pour la fille, que ce soit pour les gages ! Le chemin sera long mais tu trouveras en toi des vertus que tu ignores !
A mon joli réveil, huit jours avaient coulé. Les troupes avaient dû se débander en me laissant sur place. Il flottait sur toute la ville une insoutenable odeur de charogne. Elle était toujours là. Presque belle. Épargnée par la décomposition. La pluie charitable avait lavé son visage. A ses pieds, Ludie et le destrier semblaient la veiller et m'attendre. Le grand-cheval portait, bouclé au flanc, un écu tout neuf semblable à celui du guerrier de mon rêve ... Un écu blanc et rouge
C'était il y a plus d'un an.
Et je ne sais toujours pas où je vais.
Qu'importe ! l'essentiel c'est d'y aller ! ...
G.V. 18

Grand-mère contait parfois ce genre d'histoires... Si... si cette Force Noire existait...
Si l'on meurt par ta faute, mon enfant, ne reviens jamais dans cette maison
... moi aussi, j'aurais quelques comptes à régler avec elle, Monseigneur.
Passe pour vous deux! Mais moi, je n'ai jamais tué personne! C'est que je suis un bon chrétien, moi! Et toutes vos diableries ne m'intéressent en rien...
Ze zuis un bon chrétien, moi!... Ze zuis un bon chrétien! Non mais visez l'andouille!
Demandez-lui donc où il était, le petit chérubin, la nuit où ils ont proprement escoillé un pauv'gars qui avait par malheur enceinté la Ninon! Pour sûr, ils ne l'ont pas tué. Non! Mais il en est mort quand même. La Ninon aussi, elle est morte. C'est pas exprès, là encore, mais ils étaient vraiment trop à vouloir lui donner la leçon!
La Ninon l'avait le cœur fragile. On pouvait pas savoir! Quant à l'autre, il n'avait qu'à faire le coq dans son village!... De toute façon, je n'ai fait que regarder, alors...
C'est pire!
Ha! Ha! Mes tendres agnelets auraient-ils des dents de loup?... A la bonne heure! Là où nous allons, des anges y laisseraient leurs plumes!
On va leur percer le flanc
Ran plan plan Tire lire...

OH! OH...!
Prends ce heaume, l'Anicet ! Courez nous le remplir de guignes pendant que je fais boire nos montures.
Ce doit être dans ce sens...
Mariotte !...
De quoi j'ai l'air ?...
D'une marmite !
PLOUF
En fait de marmite, tu aurais plutôt l'air d'un sot, maintenant !
Quand ce sera mon tour de railler, tu feras moins la fière la Roussote !
A la première occasion, Mariotte, il faudra nous enfuir.
Quoi s'enfuir ?!... Où s'enfuir ?!... Et avec toi, en plus ?... Tu veux rire l'Anicet !
Mais enfin !... Nous n'allons tout de même pas suivre ce fou qui n'a d'autres rêves que rencontrer la Mort ?
Et toi ?... Tu n'en as jamais, des rêves ?...
Moi ?... Je... Je sais pas, moi !... Tiens, si, par exemple... Si tu me laissais faire...
Ben, tu vois, l'Anicet... Tes rêves... Ils sont encore plus fous que les siens !
GB
18

Ce bois ne fait pas une lieue. Du diable si nous n'en sortons pas bien avant la tombée du jour !
Il anuitera que nous y serons encore !... Ce brouillard qui nous glace les os n'est là que pour nous perdre.
On t'a demandé ton avis, toi ?!... Tu cherches encore à nous porter malheur !
La paix, les drôles ! ... Occupez-vous donc à ne pas perdre le chemin.

Courage ! Il y a là des traces fraîches de sabots.
Celles de Ludie et du Grand-cheval !... Nous n'en pouvons plus de tourner en rond
La Renarde a raison, Messire. Nous avons déjà failli deux fois nous navrer au fond de cet aven !...
J'ai froid !...
HiiHiiiiiiiiiiiiii
Cessez donc d'avoir peur ! Vous êtes en train d'inquiéter les chevaux !
Ils auraient bien peur sans nous, va !... AÏE ! Mais j'en ai marre, moi ! J'ai les pieds tout ensaignantés ...
Prends-la en croupe l'Anicet !
Que je trimbale ce... ce... cette ... ?!
Après tout, C'est vous le maître hein !...
20

Voyez-vous ça ! ... La voilà qui dort maintenant !
Il faudra lui trouver une monture. Nous perdons un temps fou à toujours attendre qu'elle nous rejoigne...
Bien sûr, cela te privera de sentir ses tétins te caresser les omoplates !...
Pfff ! Vous n'y êtes pas du tout ! C'est typiquement le genre de fille qui me laisse de marbre.
KOUÎT UÈT UÈT
Vous... Vous avez entendu ?...
Quelque vilain chahuré s'envole à notre approche.
ARRÊTEZ ! ARRÊTEZ
Arrêtez ça tout de suite !

J'ai... j'ai rêvé... Pardonnez-moi !
Deux gigantes cavales accrasaient des chaumines, piétonaient des hameaux, ne laissant que terreur et abomination.
C'est bon !... Nous allons prendre un peu de vrai sommeil. A l'aube, nous aurons la vision et la pensée plus claire.
Tais un peu l'Anicet ! Tu prendras le premie tour de gaite.
Pourquoi moi ?!... Pourquoi pas elle ?!... Elle a déjà dormi. Ce serait un peu plus juste, non ?...
Il n'y a rien de juste au bout de notre route ! Rien de logique non plus que rien de raisonnable ! Ce que certains nomment: "fatalité" et que d'autres appellent: "volonté divine" ne sont, beau damoisel, que les imprévisibles caprices de celui vers qui nous avoyons. Il faut te faire à cette idée !
N'empêche... C'est pas juste !
... Et si les coquefabues dont rêvait la Mariotte venaient en tapinois te tirer les oreilles, plutôt que de les affronter seul, prends le temps de nous réveiller... Ha ! Ha ! Ha !
22

Mariotte ... Mariotte ...
hmm ... ?
Tes monstres ... Ils étaient comment ?...
Affreux! Terribles! Tout pleins de griffes. Tout plein de dents. Rapides comme l'éclair, précis comme la foudre, Personne ne leur échappé !!! ...
Heureusement, ils ne s'attaquent qu'aux hommes ...
... Les jeunes surtout ! ... Pour leur bouffer les roubignolles
Tsss ! C'est malin !
...Nos femmes et nos petits enfants restés terrés comme des loups Dans une forêt si sévère ...
Surtout dans le temps de l'hiver ...
C'est toi, Mariotte, qui a chanté ?...
C'est ça ! Fais l'innocente !... Fais bien semblant de dormir
23

Hahaï ! Le fait-néant !... Debout, fils de bast, gendre à bouc et à putain !... Tu montes si bien la garde que le soleil lui-même n'a pu te réveiller !
Hahaï ! La pisseuse ! Selle-nous les chevaux. Tenons-nous de garde de prendre racine dans cette buissonade qui pue le soufre et le faément !
Passe devant, la Mariotte, et sonde bien le fond. Je n'aime pas risquer nos montures dans cette ève putride et maréscheuse.
24

OH!
À moi !... Vite ! De l'aide...
N'y va pas, l'Anicet !... Ou bien, mets pied à terre. Je ne tiens pas à perdre dans la même fondrière la fille et la jument.
Que je m'avance à pied...? C'est que... je serais bien ingrat de jouer avec ma vie, au risque de vous laisser seul en péril, alors que le destin vous frappe si cruellement en vous privant, d'un seul et traître coup, de la moitié de vos fidèles serviteurs.
Haimi ! ... Ne me laissez pas ! Anicet ! Anicet !...
Ne peux-tu point te taire, mauvaise fille !... C'est déjà grand pitié de ne pouvoir ni ho ni jo pour te sauver la vie, sans que tu t'en ailles de surcroît nous déchirer le cœur avec tes vains vagissements.
Lâche ! Tu te conseilles à Jacob et tu fais le joli ! Honni sois-tu à ja, et que le cul t'en pèle !...
SSSCHHH...
FFFFsssch...
TSSSST...
Fchssssssss...
Foutre Dieu ! Qu'est-ce ceci ?!.. La maisnie Helequin ?!!!
Là ! là !... Le... la... le... La chose...

TCHSSSSS...
PTUI
Tue-moi vite cette saloperie et rebroussons chemin !
EH !
AH !
TUE !
TUE !
TUE !
TUE !
TUE !
TUE !
TUE !
TUE !
TUE !
26

La mort, non! La mort non. D'abord la discussion. Au Conseil lilial, nous devons les entendre.
Vous avez entendu ?! Vous avez entendu !? Il ne faut pas nous tuer !
C'est tout entendu ! Qui a bu, boira. Qui a tué, toira. Qui doit mourir, mourra !
"moira" eût mieux chanté !
Ou alors: "bourra, fourra et mourra".
Et Eux ! Nous ont-ils entendus quand, à la nuit venue, ils ont sur leurs montu ravagé un hamu !
Et par cette façon occis trois enfançons.
Par le sang Dieu ! Est-ce possible ?... Mon rêve avait-il donc raison ?!
Le Conseil lilial, seul, donne droit de tuer. Les sentences rimées Blanc, Seules, peuvent être appliquées ! Nous ne ferons point de carnage et les jugerons au village.
Haon! Maudits humains, maintenant, écoutez !: Mes oreilles s'en froissent, et cela me chagrine de m'adresser à vous dans la langue crétine mais c'est, du moins dit-on, celle que vous parlez. Sur quelle terre déshéritée le petit peuple des forêts devra-t-il donc se réfugier pour s'abriter de vos méfaits ? ... Cette nuit, vos chevaux ont foulé du sabot un tout petit hameau. Peut-être n'aviez-vous pas la volonté de nuire, mais vous allez devoir nous suivre et accepter notre jugement.
Le bois des brumes est terre faée que nous tenons en charmogne. Nul ne sort d'ici sans notre aide. Obéissez ! ou... préparez-vous à mourir !
Qu'en pensez-vous, mes gens ?... Pour moi, ce bon vieillard et ses petits amis ont l'art de me convaincre.
Tu vois, là-bon ?... C'est ma maison.
27

Attention, l'Anicet ! Tu vas
CRAC
je...
je...
Vous avez tort de nous provoquer !
28

Par mon cap ! Avorton de mes cuides ! Je t'en pourrais bien compisser si tu continues de nous bailler à mal. Il ne sera pas dit que l'on m'aura vu trembler devant quelque fantaisie gargouilleuse et oreillarde.
De grâce, Messire ! Notre vie dépend de ces lutins... !
Ah ! Ah ! Ah ! Foin de ces fableries ! Il n'y a pas plus de lutins qu'il n'y a de morts qui parlent. Une fois de plus, ce que nous croyons voir n'est que le rêve enfanté par notre imagination.
Ainsi donc nous ferions tous les trois le même songe.
Pardon ! Vous êtes dans mon rêve au même titre que les lutins. Car c'est bien de mon rêve qu'il s'agit, et non du vôtre.
Mais pas du tout ! S'il est vrai que nous rêvons, c'est VOUS qui êtes dans mon rêve, et non l'inverse.
Ha, non ! Je rêve que tu me dis que tu rêves, et c'est tout !
Que nenni !... A moins... A moins que... Oui !... je crois bien qu'il y a peut-être une autre explication !
Moi, je trouve que ce rêve, il renifle un tantinet le soufre !...
Des lutins ! Des sortilèges ! C'est bien des trucs de sorcières, ça !
!
Avoue que c'est toi qui nous as entraînés dans ton rêve, hein ?!
Mais vas-tu nous laisser dormir en paix, maudite ! Tu vas nous laisser, à la fin ?!!!
29

LIGOTEZ-MOI CES FOUS AVANT QU'ILS NE CASSENT TOUT.
Tu es content de toi, l'Anicet ?! ... Désormais, s'ils décident de nous tuer, nous ne pourrons même plus nous défendre.
Quelle importance ?!... Ce n'est pas grave de mourir en rêve !
Mourir en rêve peut-être ...
Mais mourir en dormant !
30

Le Conseil lilial s'est tenu. Le jugement loyal obtenu. Tracée sur banderole, des anciens, la parole.
Attendu que les trois humains ont profané nos beaux terrains. Attendu que, très gros, pataudS et lourdauds, ils ont, avec leurs gros sabots, détruit un bien joli hameau...
Nous, Lutins anciens, fameux magiciens, portant la pourpre et le carmin, avons tracé sur parchemin.
Les prisonniers sus-cités seront dépecés et salés, partagés dans tous les foyers pour nos veillées et nos soupers.
Aiguisons les couteaux ! Récurons les fourneaux ! Nous allons les cuire ! Nous allons les frire !
Finie, l'humeur chagrine ! Loin de nous la famine ! De la viande à manger ! et des os à ronger !
Le conseil lilial s'est tenu. le jugement loyal obtenu. Tracée sur banderole, des jeunes, la parole.
Ce rêve est de plus en plus stupide ! Depuis quand se préoccupe-t-on de l'avis de la jeunesse ?!
Nous. Jeunets, Jeunettes Joliets, Joliettes De justice étant en quête Nous présentons notre requête.
Rillettes et andouillettes éloignent les disettes C'est la vérité bête Réduire à l'état de squelette la femmelette rondelette et les deux trouble-fête à l'allure suspecte est un choix qu'on respecte Pourtant...
Pourtant ?...
31

Pourtant... Voici notre marché : Les humains seront relâchés s'ils peuvent nous débarrasser de celui qu'on ne peut chasser.
De qui ?...
De quoi ?...
La malebête !!!
qui nous embête...
Nul ne sait jamais où il est. Nul ne peut prévoir quand il frappe. Contre lui vain est le collet Et il se rit bien de la trappe...
Nos pauvres joies sont éphémères car nous savons que quand il chasse mâchoire en ciel, mâchoire en terre Nous ne pouvons lui faire face.
Hum... Combattre un dragon !... Voilà bien le rêve de n'importe quel vrai chevalier.
Soit ! Qu'avant l'aube nouvelle, du monstre, la cervelle, le crâne et les oreilles au bois mort soient pareils
Avant le point du jour, notre vaillant seigneur n'aura fait qu'une bouchée de votre malebête !... La Mariotte et moi-même resterons ici, en gage de bonne foi et de crainte de l'encombrer. ...Nous sommes si maladroits
Si à l'aurore, tête de fer a mis un terme à notre enfer, Du bois des brumes sortirez ! Passé ce temps, les jouvenceaux Seront salés comme pourceaux. La malemort souffrirez ! Par heure de retard, Une livre de lard Leur sera soutirée.
EH LÀ ! HO !... Que nenni ! La Roussote peut suffire comme otage. Je veux affronter votre griffon !... Je ne veux pas laisser mon maître, sans son arroi, en grand péril !...
Reste où tu es, capon ! Je n'ai que faire d'un Judas ! Je ferais tout pour sauver la Mariotte, mais j'espère bien ne pas revenir avant que ces mignons t'aient arraché la langue.
32

Un guide et mon cheval !
Si je sors de ce rêve le premier, l'Anicet, ton beau réveil sera brusque et douloureux.
On va leur percer le flanc Ranplanplan tire lire ! On va leur percer le flanc Ranplanplan tire lire lan !
Et hop ! Le voilà parti ! Toutes ses menaces ne me font pas peur ! Puisqu'il est sorti du rêve, c'est que c'est celui de quelqu'un d'autre. Le mien... ou bien...
Si c'est le mien l'Anicet...! Tu ne perdras pas que la langue !
Je laisserai ces lutins t'esmoignoner de telle sorte que tu ne puisses tenir en selle et que m'échoie la jument.
Arrêtez-le ! Arrêtez-le ! Il veut gâter votre nourriture !
Ah ! Tu peux être fière !... Par ta faute, nous voici derechef attachés.
Pas pour longtemps, nous avons de la visite !...
Permettez que l'on vous apprête ! Car il serait vraiment trop bête que le sang frais vienne souiller tous le tissu que vous portez
C'est pas vrai, ça ! Je vais crever de froid, moi
Crève en silence, l'Anicet ! Avant que de mourir, j'aimerais trouver le temps de m'inventer une autre et plus belle vie.

Quel lieu étrange !
Quelle sinistre végétation !
Les arbres carnivores ne dorment qu'à demores.
Sans nous, tu n'aurais pu pénétrer sans mouru cet endroit magicu où le monstre rôdu.
J'en vois un, tout là-boi, bien moins chanceur que toi.
Ce rêve devient de plus en plus lugubre.
Vous avez de la chance si vous pouvez rêvance. Je ne rêve jamance, moi. Fi !
Moi, si ! Je rêve toutes les nuits des songes insensuits
Tenez ! : J'étais dans un grand champ tapis de blé mûramp, quand des humains méchamp couverts d'acier luisamp surgissent en s'entretuamp.
Oyez-vous belle tige ?... Entre eux !... entre eux, vous dis-je !
Comme si de telles choses étaient vraisemblabloses !
LÀ !
34

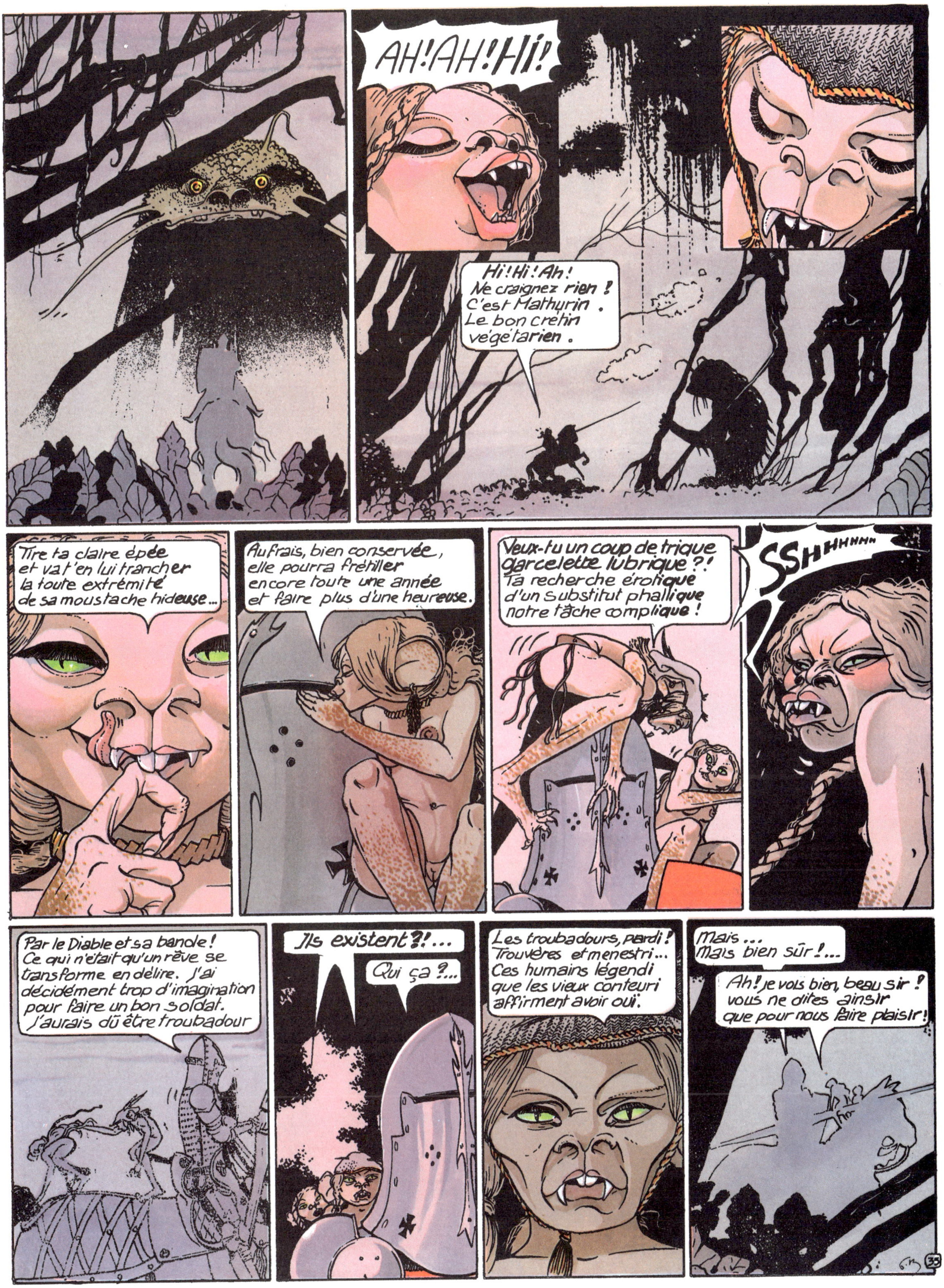
AH! AH! HI!
Hi! Hi! Ah! Ne craignez rien ! C'est Mathurin. Le bon crétin végétarien.
Tire ta claire épée et va t'en lui trancher la toute extrémité de sa moustache hideuse...
Au frais, bien conservée, elle pourra frétiller encore toute une année et faire plus d'une heureuse.
Veux-tu un coup de trique garcelette lubrique ?! Ta recherche érotique d'un substitut phallique notre tâche complique !
SSHHHHHH
Par le Diable et sa bande ! Ce qui n'était qu'un rêve se transforme en délire. J'ai décidément trop d'imagination pour faire un bon soldat. J'aurais dû être troubadour
Ils existent ?!...
Qui ça ?...
Les troubadours, pardi ! Trouvères et menestri... Ces humains légendi que les vieux conteuri affirment avoir ouï.
Mais... Mais bien sûr !...
Ah ! je vois bien, beau sir ! vous ne dites ainsir que pour nous faire plaisir !
35

Tudieu ! Qu'est-ce ceci ?
Une Borne noire ! En sont sept fois sept de ce côté du monde, s'il faut en croire ce que disent les vieux qui composent les rondes.
Qui trois fois dans sa vie a vu la Borne Noire, du Maître de la Mort foule le territoire !
Tiens donc ! Et vous hantez ces lieux pourris sans crainte ?
Qui n'a jamais tué n'a rien à redoutué Pour s'en venir ici seulement sont choici les plus pacifici.
Ainsi donc, il me suffirait de découvrir deux autres bornes de ce type pour pouvoir rencontrer cette fameuse Force Noire ?
Exactement !
Parfaitement !
Et... de ces bornes, là... Vous en connaissez d'autres ?
Bien sûr ! Il y en a u...
36

Hum...
Eh bien quoi ?... Quelque chose vous interdit de m'instruire sur ces méchantes caillasses ?!...
Des pierres maléfiques, avons assez parlé, car nous sommes en vue des eaux de reposance où le Cavalier Noir ne doit être évoqué de crainte que les morts nous forcent à repentance.
Plus tard, si tu veux bien contre un bout de moustache du benêt Mathurien il se peut que tu saches.
Le lac de reposance !
Ainsi donc, chacune de ces urnes vermoulues renferme la dépouille mortelle de l'un des vôtres ?...
Lorsque la neige fond à la mort de l'hiver l'onde s'écoule au fond du très ancien cratère où le feu de la terre a bientôt délivré, de l'urne mortuaire, l'âme des trépassés. Le mois Blanc est celui où nous offrons au monde l'enfant qui prend en lui l'esprit qui vagabonde.
Depuis l'aube des temps il est dit et redit que quand les eaux vives de la reposance entonnent le cratère de la délivrance l'esprit et le corps se fondent pour une vie
Et ce ?...
Les petits enfançons tués par vos chevons dans le gouffre cherront quand les liens se rompront.
HHaaa !... Bon. Alors ?!... On la cherche cette bête ou nous prenons racine ?!
37

Laisse ici ta monture
et prends ta claire épée,
car la maucréature
nous pouvons rencontrer
OH! Regardez
là-haut !...
N'y allez pas!
Une borne noire !
Ces petites crapules ne
m'ont pas dit la vérité sur
ces pierres. Sinon elles
ne chercheraient pas à
m'en éloigner avec autant
de soin !
Et là ! Encore une autre !...
J'en aurai le cœur net
Par la blanche licorne
Il aura vu les bornes
Nous fûmes insensés
en étant trop bavards.
Mais pour le regretter
il est déjà trop tard.
! ?..
38

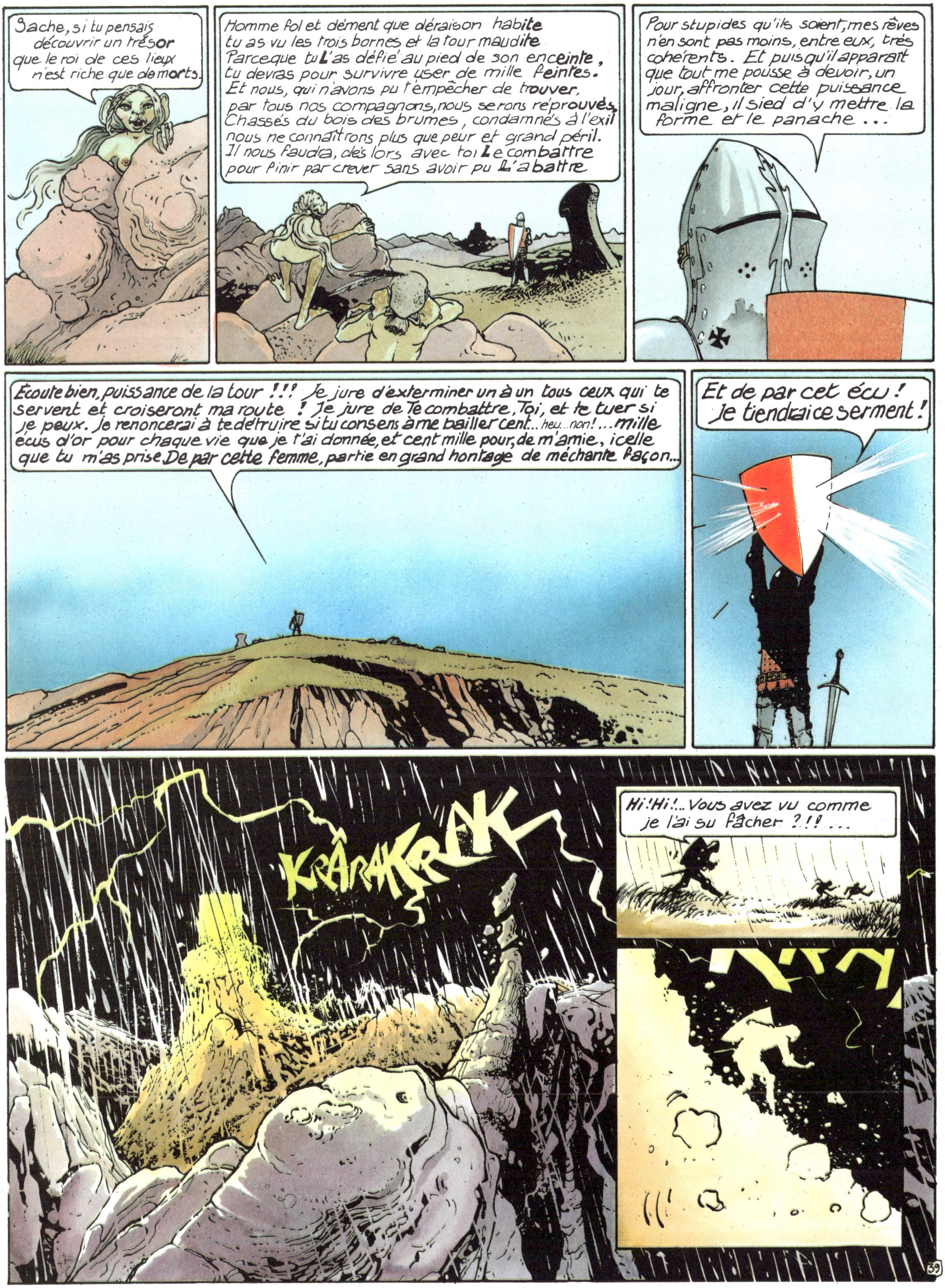
Sache, si tu pensais découvrir un trésor que le roi de ces lieux n'est riche que de morts.
Homme fol et dément que déraison habite tu as vu les trois bornes et la tour maudite Parceque tu L'as défié au pied de son enceinte, tu devras pour survivre user de mille feintes. Et nous, qui n'avons pu t'empêcher de trouver, par tous nos compagnons, nous serons réprouvés. Chassés du bois des brumes, condamnés à l'exil nous ne connaîtrons plus que peur et grand péril. Il nous faudra, dés lors avec toi Le combattre pour finir par crever sans avoir pu L'abattre
Pour stupides qu'ils soient, mes rêves n'en sont pas moins, entre eux, très cohérents. Et puisqu'il apparait que tout me pousse à devoir, un jour, affronter cette puissance maligne, il sied d'y mettre la forme et le panache...
Ecoute bien, puissance de la tour !!! Je jure d'exterminer un à un tous ceux qui te servent et croiseront ma route ! Je jure de Te combattre, Toi, et te tuer si je peux. Je renoncerai à te détruire si tu consens à me bailler cent... heu... non!... mille écus d'or pour chaque vie que je t'ai donnée, et cent mille pour, de m'amie, icelle que tu m'as prise. De par cette femme, partie en grand hontage de méchante façon...
Et de par cet écu ! Je tiendrai ce serment !
KRÂRAKRAK
Hi! Hi!... Vous avez vu comme je l'ai su fâcher ?!!...
39

Par ici !
C'est incroyable ! Nous avons survécu. Mais... dis-nous voir !... d'où te vient cet écu ?
A chacun ses secrets, petits monstres. Dés lors ce sera donnant-donnant ! Cette grotte est un refuge providentiel
Providentiel, oui !... Mais pour qui ? Regardez donc là-bas !... De la Malebête, hémi ! ferons-nous le repas ?...
Cré Dieu !... Si j'en ai vu ! Mais tant que ça, jamais ! Quel carnage !
Voici donc le résumé de toute la vie d'un tueur !... Ce pourrait être celle d'un soldat...
Petit être ou grand être, là n'est point la question !... En nous quittant, la vie, nous laisse à tous le même masque dérisoire.
Une petite coquille vide, ouverte çà et là au vent de nos questions, mais dont l'unique réponse est, à jamais, silence !
CRAC
40

Restez ici ! Je vais voir au bout de cette galerie
Que se passe-t-il ? tout s'estompe !
C'est un peu comme si je devenais mon propre reflet. Comme si je flottais à sa place !!!
Hi ! Hi ! je vole !
Ce rêve est fou ! Mais quelque chose me dit que le danger, lui, est réel...
Le danger est proche, réel, imminent ! Aucun doute. Il faut que je me sorte du sommeil. Il faut que je me bouge ! Je dois me réveiller... Je le dois !
ENFER ! Il était temps !

VOOOUMMMMMMMMMMMM VOOOUMMMMMMMMMMMMMMMMMMMMMMMMMM...
Le point du jour ! Ils sonnent le point du jour !... Tu entends ça, Mariotte ?! Ils vont nous découper !
Demande-leur donc de commencer par toi... Surpris par ton courage, ils nous feront peut-être grâce !
Elle dort !!! Donc, elle s'est réveillée !... À l'approche du péril, les couards ont déserté ce rêve et se rient du spectacle de mon sommeil agité.
Ça y est !!!... Les voilà !... Ils... ils s'en viennent nous prende. Au secours ! Harou ! À moi !...
Ziiiiiiiiiiiiiiim...
Ziiiiiiiiiiiiiim...
Maudit soit ce chevalier ! Maudite soit la goupille ! Maudites, les joventes par qui malheur arrive !

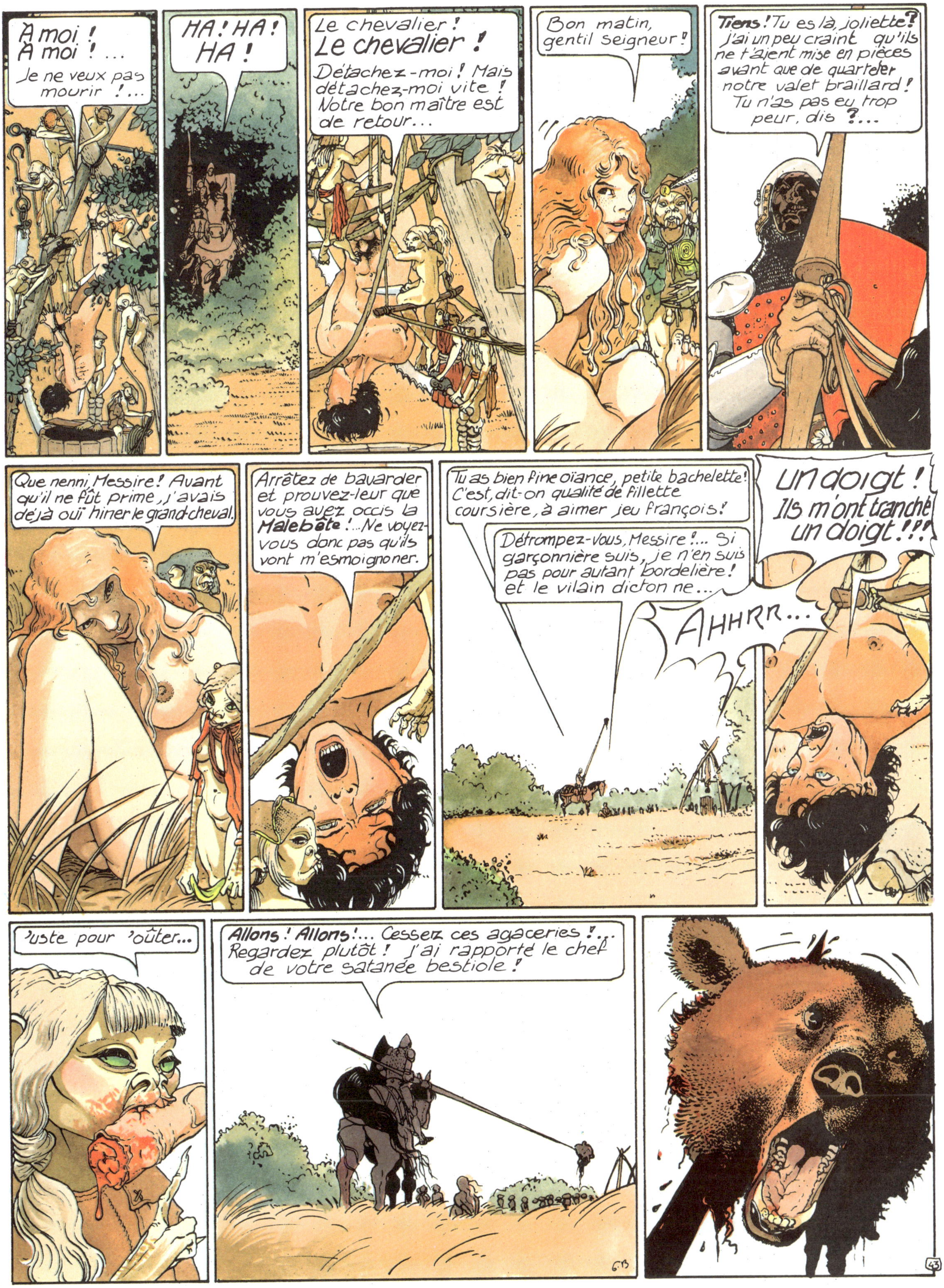
A moi ! A moi ! ... Je ne veux pas mourir ! ...
HA ! HA ! HA !
Le chevalier ! Le chevalier !
Détachez-moi ! Mais détachez-moi vite ! Notre bon maître est de retour...
Bon matin, gentil seigneur !
Tiens ! Tu es là, joliette ? j'ai un peu craint qu'ils ne t'ajent mise en pièces avant que de quarteler notre valet braillard ! Tu n'as pas eu trop peur, dis ?...
Que nenni, Messire ! Avant qu'il ne fût prime, j'avais déjà ouï hiner le grand-cheval.
Arrêtez de bavarder et prouvez-leur que vous avez occis la Malebête ! ... Ne voyez-vous donc pas qu'ils vont m'esmoignoner.
Tu as bien fine oïance, petite bachelette ! C'est, dit-on qualité de fillette coursière, à aimer jeu françois !
Détrompez-vous, Messire !... Si garçonnière suis, je n'en suis pas pour autant bordelière ! et le vilain dicton ne...
AHHRR...
un doigt ! Ils m'ont tranché un doigt !!!
'uste pour 'oûter...
Allons ! Allons !... Cessez ces agaceries !... Regardez plutôt ! J'ai rapporté le chef de votre satanée bestiole !
43

AHHHHHH...
Tu as une curieuse façon de monter la garde, l'Anicet ! Je me suis réveillé juste à temps pour empêcher cet ours de nous mettre en capilotade.
Tu dormais si bien qu'elle a dû te mordre le doigt pour que tu te réveilles !
Cette trogne est plutôt moins vilaine que la mienne !...
Il tue pour manger, lui !
Les ours sont friands de lutins ! Nous devrions quitter ce bois si nous ne tenons pas à rencontrer de ce petit monde !...
C'est étrange !... Tu parles de lutins et comme par hasard dans mon rêve...
Si tes rêves sont aussi stupides que les miens, l'Anicet, garde-les donc pour toi ! Allez ! En route !
N'avais-je point raison ? Vous voyez bien qu'il suffisait d'attendre le jour pour sortir, sans problème de ce damné bosquet ! La nuit noire n'est pas le territoire de l'homme.
44

Qu'est-ce que tu cueilles encore, mauvaise graine ?...
Des herbes à tisane, pour charmer tous les rêves ? !!!
Des fleurs, mon beau. Pour être belle...
Aïe
Ces crés foutus chardons me déchirent cotte et couenne.
Hum... tu... tu veux monter en croupe ?
Sans rire l'Anicet ?... Tu ferais ça pour moi ?...
Qu'est-ce que tu crois !?... Je suis plutôt bon prince... pour peu que l'on sache me prouver sa... reconnaissance.
Reconnaissance ? hm ! hm !... Mais, tu n'as pas affaire à une ingrate !... tiens... écoute...
AHrr
Ohhh...
Prends toujours ça pour acompte l'Anicet ! Mais sois tranquille ! Je te rendrai une à une toutes les fleurs de la couronne.
Messire ! houhou. Messire...
Crois-tu qu'elle nous ait vus en cueillant son chardu ?
Qu'elle nous ait vus ou pas, je crois qu'elle se taira.
45

Imprimé en Belgique par Casterman, s.a., Tournai, avril 1984. N° édit.-impr. 1514.
Dépôt légal : février 1984 ; D. 1984/0053/56.